젓
가
락

대
사

젓가락 대사

1판 1쇄 발행 | 2019년 8월 5일
1판 2쇄 발행 | 2019년 12월 25일

지은이 | 김진수
발행인 | 이선우
펴낸곳 | 도서출판 선우미디어
      등록 | 1997. 8. 7 제305-2014-000020
      02643 서울시 동대문구 장한로12길 40, 101동 203호
      ☎ 2272-3351, 3352 팩스: 2272-5540
      sunwoome@hanmail.net
      Printed in Korea ⓒ 2019. 김진수

값 13,000원

※ 이 도서의 국립중앙도서관 출판예정도서목록(CIP)은 서지정보유통지원시스템
홈페이지(http://seoji.nl.go.kr)와
국가자료공동목록시스템(http://www.nl.go.kr/kolisnet)에서 이용하실 수
있습니다.(CIP제어번호: CIP2019029081)

ISBN 978-89-5658-619-9 03810

에세이와 민화 콜라보레이션

젓가락 대사

김진수 에세이

선우미디어

自序

바람의 길 따라 가리라!

오늘도 내게 주어진 이 귀한 하루를 맞이했다. 백짓장
같이 열리는 하루 하루가 더없이 소중하게 느껴진다. 밥
먹고, 일하고, 사람을 만나고, 때로는 즐거워하고, 때로
는 미워하고, 또 때로는 슬퍼하고 사랑하며 살아가는 희
로애락(喜怒哀樂)의 인생길! 어디로 가고 싶다고 꼭 그곳
으로만 갈 수 없는 불확실한 인생 길. 그 머나먼 길은
누구의 동반도 없이 홀로 묵묵히 걸어야 하는 길이다.

부모 형제의 도움과 사랑으로 또는 이웃의 박수를 받
으며 기뻐했지만 언젠가는 바람처럼 소멸되어 제 갈 길
을 멈추고 적멸보궁(寂滅寶宮)에 들 것이다.

가녀린 풀잎을 어루만지며 지나던 미풍도 어느 때는 잠든 이를 흔들어 깨우기도 하고 회오리쳐 무섭게 다가오기도 하는 것, 그러나 때가 되면 흔적도 없이 고요한 본래의 모습으로 스스로 소멸한다.

비록 흔적 없이 사라지는 바람일지라도 생명을 일으켜 세우던 소명과 가족과 이웃을 사랑했던 그 기쁨만은 세상에 아름다운 흔적으로 남기고 싶다.

광교산 기슭 向日堂에서

2019년 여름

김 진 수

차례

自序 ·· 4

01 내 그리움의 수첩에는

내 그리움의 수첩에는 ····································· 10

은가락지 ··· 15

채송화 이야기 ·· 21

오빠 생각 ·· 28

홍씨부인전 ··· 36

젓가락 대사 ·· 43

빛나는 졸업식 ·· 52

종이학의 꿈 ·· 60

02 잊을 수 없는 그날의 약속

'겐지'에게 말 걸기 ································· 68

안나 할머니 이야기 ····························· 77

예솔이 이야기 ······································ 83

젊은이에게 하고 싶은 말 한마디 ·········· 91

잊을 수 없는 그날의 약속 ··················· 97

추억을 건져 올린 명암타워 ················ 102

참된 의미를 찾아 떠난 여행 ·············· 107

부다페스트여 안녕 ···························· 113

01

내 그리움의 수첩에는

내 그리움의 수첩에는

나의 오래된 수첩에는 아직도 그려 넣지 못한 그리움이 있다. 어릴 적 떠나온 고향의 눈 내린 겨울풍경이다. 언제든 눈 감으면 내 고향 고을고을이 산수화처럼 펼쳐진다. 마음이 착잡하거나 뒤숭숭할 때 눈 내리는 고향의 겨울을 한 폭 한 폭 떠올리면 마음이 순하게 가라앉는다.

고개가 높고 하늘이 낮아서 고개 위가 겨우 석 자밖에 안 된다는 대관령. 그곳은 일기의 변화가 심해서 눈이 내리다가도 금세 햇빛이 눈부시게 비치고, 불현듯 안개가 적군처럼 몰려오는 큰 고개다. 이 변화난측한 날씨가 빚어내는 풍경이 일품이다. 하늘과 땅 사이를 가득 채우며 난분분하게 춤추는 잿빛 눈송이, 봄날 형형색색의 꽃보다 아름다운 순백의 바람서리꽃. 쑥버무리같이 맛나게 펼쳐지는 소나무밭. 멀리 눈 속에 숨는 마을. 사람이 바글바글 모여 사는 시장 어느 집에선 옹심이 끓이는 가마솥에 김이 무럭무럭 피어오르고, 오죽헌의 앞뜰에도, 선교장의 뒤뜰에도, 경포호의 푸른 가슴에도 하얀 눈이 고요처럼 쌓인다.

연사흘 눈이 내려, 주문진항에 고깃배를 묶어 놓아도, 오대산 동쪽 기슭 소금강 소나무가 밤새 눈의 무게를 저울질하다 끝내 견디지 못하고 삭신이 찢어져 나가도, 바다는 자신의 본디 모습을 잃지 않는다. 그리움이 깊은 사람처럼 밤새 뒤척이면서도, 지친 몸 하얀 포말로 부서져도, 바다는 결코 젖는 법이없다.

주문진항에서 소금강 가는 깊은 계곡 산간 마을, 눈 속에 파묻힌 나의 고향집. 그곳에서 나는 어머니의 따뜻

한 사랑을 먹고 자랐다. 소나무의 비명 소릴 들으며 슬픔을 배웠으며, 그 의연한 바다에게서 견디는 법을 익혔다. 고향에서 내리던 눈, 눈을 맞는 소나무, 눈을 받아들이는 바다는 나의 마음 밭에 문학의 씨앗을 뿌려주었다. 그리고 눈이 처마 밑까지 차오르는 긴긴 겨울 밤, 어머니가 내어놓으시는 밤참은 내 문학에 갖가지 색깔을 입혀 주었다.

어머니는 눈을 헤치고 토끼 길을 내어 텃밭에 묻어둔 무를 꺼내오셨다. 구덩이에서 노랗게 자란 무청을 잘라내고, 푸른 머리에서부터 껍데기를 벗기고 길쭉하게 썰어서 아삭아삭 깨물었다. 시원하고 매콤달콤한 맛, 지금도 그 맛을 잊을 수 없다. 어디 그뿐인가. 항아리에 차곡차곡 쟁여놓았던 바알간 홍시는 말랑말랑한 언어처럼 부드러웠다. 꼭지를 떼어내는 것도 행복하고, 두 손으로 쩍 가르면 나타나는 육즙을 보았을 때도 행복하고, 그 육즙이 입 속에 닿는 촉감을 느낄 때는 더욱 행복하고, 그 맛난 것이 입안을 돌면서 식도로 넘어갈 때는 더욱 행복하였다.

그러나 아, 나는 아직도 내 수첩에 눈 내린 풍경을 다 그려 넣지 못하고 있다. 가만히 눈을 맞는 바위와 눈이 하는 말을 듣지 못하고, 바람과 눈이 함께 빚어내는 꽃의 의미를 읽지 못하고, 무수히 쏟아지는 눈을 녹여내는 바다의 넓고 깊은 품속을 헤아리지 못한다. 눈이 멀어 어머니의 화엄세상도 볼 수가 없다. 귀가 멀어 어머니에게서 배운 첫 낱말을 기억하지 못한다.

은가락지

사람마다 그에게로 가는 과거가 있듯이 물건에도 물건으로 가는 길이 있다. 단순히 시간을 거슬러 가는 길이 아니다. 이야기가 서리서리 엉켜 있는 추억의 길이다.

얼마 전부터 이제는 좀 내려놓고 살아야겠다고 생각하고 서랍정리부터 시작하였다. 서랍장 맨 밑에서 은가락지 한 쌍을 발견하였다. 까마득하게 잊고 있었던 가락지이다. 희뿌연 녹이 슬었으나 자세히 보니 꽃무늬가 새겨진 칠보가락지였다.

은가락지에서 여고 2학년 된 딸아이의 목소리가 들려온다. 폭염이 심했던 여름이었던 걸로 기억한다.

"엄마, 올해는 딸이 엄마에게 은반지 끼워 드리면 장수하신대요."

녹슨 가락지를 고운 소금으로 닦아 때를 벗기고 나니, 가락지 본래의 모습이 드러난다. 딸의 예쁜 마음 같다. 딸아이 덕에 내가 이렇게 오래 잘 살고 있는 게 아닌가 하는 생각도 든다.

옹이진 손가락 마디에 가락지를 끼워보았다. 가락지를 낀 손마디를 한참 보고 있는데, 문득 먼 옛날 그 여인의 모습이 뚜렷이 떠오른다.

내 나이 열 살 적 유난히도 추운 겨울이었다.

아버지도 나도 회색 누빔 두루마기를 치렁하게 걸치고 머리엔 토끼털 모자를 눌러 쓰고, 회색 바랑까지 메고 보니 영락없는 큰스님과 동자승이었다.

강릉에서 영주로, 영주에서 경성으로, 경성에서 밤을

달려 평양에 도착하였다. 평양역 구내에는 이마에 붉은 띠를 두른 아까보(짐꾼)라는 짐꾼들이 지게를 지고 짐을 기다렸다. 밖으로 나가니 인력거꾼들이 하얀 눈을 맞으며 손님을 기다렸다. 우리 부녀는 인력거를 타고 일본식 오까베 여관에 들었다. 다다미방에 짐을 풀고 나니 추위에 지친 몸이 혼곤하였다.

아버지는 볼일 보고 올 테니 잠 자라며 전등을 끄고 나가셨다. 잠시 후라 여겨진다. 옆방의 불빛이 희미하게 장지문 틈으로 새어나오면서 아버지의 음성이 들려왔다. 반가워서였는지 호기심에서였는지는 모르지만 발딱 일어나 장지 문틈을 엿보았다.

젊은 여인과 아버지가 마주 앉아 이야기를 나눈다. 괜히 내 가슴이 쿵당거린다. 은가락지 한 쌍이 여인에게 건네진다. 여인은 당연한 듯이 장난감 자동차 바퀴 같은 굵직한 가락지를 말없이 받는다.

그때만 해도 대갓집 아낙들의 손에는 옥지환을 끼고

치마끈에는 노리개를 달아 멋을 냈었다. 그러나 어머니 손에 옥지환 낀 것을 본 적 없고 노리개 찬 것도 보지 못했다. 장롱 깊숙이에서 가락지를 꺼내어 소금으로 닦아 치마끈으로 묶고는 방안에서만 혼자 즐기시는 모습은 몇 번 보았을 뿐이다..

아버지가 젊은 여인에게 건넨 가락지는 어머니가 그토록 애지중지하던 그 은가락지임에 틀림없었다.

집에 돌아와서 몇날 며칠 입 안에 넣고 있다가 큰 결심을 한 끝에 어머니께 고해 바쳤다. 어머니의 반응은 기상천외하게도 담담하였다. 칭찬받을 줄 알고 입을 열었는데, 여식아이 입이 가랑잎처럼 가벼워서야 어디 쓰겠느냐며 되레 나를 꾸중하였다.

알 수 없는 수수께끼로 남겨 둔 채 몇 개월 지나는 사이 광복이 왔다. 광복군으로 활동하던 둘째삼촌이 와서 수수께끼가 풀렸다. 은가락지는 어머니의 손에서 아버지에게로, 아버지의 손에서 여인의 손으로, 여인의 손에서 삼촌의 손으로, 삼촌의 손에서 광복군에게 넘어간 것이었다.

사랑방에는 삼촌의 무용담을 듣기 위해 동네 젊은이들로 밤새 북적거렸다. 금가락지며 은수저며 은가락지며 한밤중 몰래 대문 안에 부려 놓고 간 쌀가마며, 기부받은 품목들이 줄줄이 이어졌다.

내 손에 낀 은가락지가 더욱 영롱하게 빛난다. 할 수만 있다면 딸이 드리는 반지라며, 어머니께 이 반지를 끼워드리고 싶다. 반지를 끼워드리며 그때 못 다한 이야기를 밤새 나누고 다시 보내드리고 싶다.

채송화 이야기

참 이상한 일이다. 글이 손에 잡히지 않으면 괜히 불안하다. 계절은 자꾸 지나건만 도대체 글이 잡히지 않는다. 그러던 어느 날 밤이었다. 서재에 불을 끄고 한동안 멍하니 앉아 있는데 책상 위에 걸린 액자 하나가 어렴풋이 눈에 들어왔다. 문단 데뷔 기념으로 선물 받은 채송화 액자였다. 누가 밀어올린 걸까. 돌각사리 틈 사이에 옹기종기 모여 앉은 액자 속의 채송화. 불을 켜자 수줍고 해맑은 어린 소녀같이 까르르까르르 색동웃음을 마구 토해내는 것 같다. 밤하늘 은하수의 별무리 같기도 하고 어느 여왕이 보석 상자를 엎질러 놓은 것 같기도 하였다. 나는 곧바로 컴퓨터 창을 열었다.

옛날, 페르시아에 보석을 좋아하는 여왕이 살았다. 얼마나 보석을 좋아했는지 자신의 백성들과 보석을 한 개씩 맞바꾸었다. 보석들이 쌓여 갔으나 여왕의 보석사랑은 그칠 줄 몰랐다. 이제 보석과 맞바꿀 백성은 한 사람도 남지 않았다. 그리하여 여왕은 자기 자신과 보석을 맞바꾸었다. 그 마지막 보석을 손에 받아 쥔 순간 여왕이 갖고 있던 모든 보석들이 폭발해 버렸다. 사방으로 흩어진 보석들은 각기 제 빛깔의 채송화 꽃으로 피어났다.

남의 나라 설화이지만 여러 가지 교훈을 담고 있어 소중하다. 사치를 좋아하는 사람은 반드시 망한다는 교훈이 담겨 있기도 하고, 백성을 우습게 여기는 왕실은 반드시 멸망한다는 교훈이 담겨 있기도 하다. 백성은 힘없는 것처럼 보이지만 그들이 분노하면 세상을 뒤집어 놓는다는 교훈도 담겨 있고, 백성은 채송화 꽃처럼 순진하고 보석처럼 아름답다는 사실을 암시하는 것 같기도 하다.

옛 고향집 뒤란 장독대는 채송화 꽃이 여름 내내 둘러싸고 있었다. 그런 채송화 꽃밭이 얼마나 호사스럽던지 평화스런 천국이었다.

뙤약볕 아래 가지각색으로 얼굴을 익히는 채송화와 어린 계집아이는 한 꼬투리에서 나온 강낭콩마냥 닮은 꼴이었다. 누가누가 먼저 일어나나 내기라도 하듯이 아침에 눈 비비며 일어나 채송화 꽃밭으로 나가면 어느새 햇살은 채송화 꽃밭에서 헤살을 놓고, 채송화 꽃잎은 갓 깨어난 아가의 입처럼 방실거리며 꽃잎을 열기 시작했다. 마치 자기가 먼저 일어났다고 '용용 죽겠지.'하고 놀리는 것 같기도 하다. 진종일 해를 품고 풍구질하던 꽃도 해 지면 살며시 가슴을 여미고 곤히 잠든다. 그때 쯤이면 기다렸다는 듯이 어김없이 날아와 채송화 꽃잎

만을 골라 쪼아대던 참새들이 왜 그리도 밉던지. 나는 참새를 쫓느라 허수아비처럼 팔을 휘두르던 어린 날의 추억이 아련하다.

사람의 기억이란 참 놀랍다. 내 머리 어디에 숨어 있다가 이 깊은 겨울밤에 어두운 하늘의 별처럼 톡톡 튀어나오는 것일까. 그 귀엽고 재롱스러운 꽃들이 어깨를 걸고 납작 엎드려 얼굴 비비며 피어 있는 장독대에서 어머니는 치성을 드렸다. 채송화가 필 때면 나보다 열살 위인 언니도 유독 장독대에 나가 앉는 시간이 잦았다. 그때 담장 밖에서 뻐끔뻐끔 피어오르던 연기가 언니를 좋아하던 청년이 피워 올린 담배연기였다는 것을 알게 된 것은 내가 그때의 언니 나이가 되고서였다.

세상의 모든 일은 다 때가 있나보다. 빨랫줄에 걸어둔 빨래가 마르는 때, 어부가 어망을 거둬 집으로 돌아오는 때, 시골학교 운동장이 어느 순간 작아 보이는 때, 인연도 잘 가꾸어야 참된 인연이 된다는 사실을 알게 되는 때, 땅으로 기면서 뻗는 채송화 줄기와 거기에서 뿜어내는 냄새로 뱀이 얼씬 못한다는 사실을 안 것도 그때였다. 사시장철 먹을거리가 정갈하게 진열되어 있는 장독대가 신선한 공간이란 생각이 든 것도 그때였다. 참으로 조상들의 과학적인 지혜에 놀라움을 금할 수 없다.

어릴 때 나는 옛날이야기를 무척이나 좋아했다. 밤마다 언니에게 옛날이야기를 해달라고 졸라댔다. 호랑이보다 무서운 곶감 이야기, 하늘로 올라가 해와 달이 되었다는 오누이 이야기, 혹부리영감 이야기, 도깨비방망이 이야기, 비단장수 얼간이 이야기, 소금장수 이야기, 칠칠단의 비밀 등 아무리 들어도 물리지 않았다.

밤이 깊으면 깊을수록 언니의 이야기는 너무 재미있었다. 그럴 때면 언니는 "아가야 이제 잠 좀 자자꾸나." 하고 나를 달랬다. 그날 밤 겨우 잠이 들었다가 다음날 밤이 오면 나는 세헤라자데에게 재미난 이야기를 천일 동안 해주기 바랐던 포악한 왕처럼 또 졸라댔다. 언니는 혼잣말로 이렇게 중얼거렸다.

"독수리야, 독수리야 우리 집 암탉 채가지 말고, 밤마다 날 조르는 이 철부지 좀 채가렴."

그 말이 무슨 말인지도 난 몰랐다. 언니가 얼마나 힘든지도 몰랐다. 다만 언니의 입이 화수분을 닮아서 옛날이야기가 한없이 쏟아져 나오기만을 바랐다. 돌이켜 보면 언니로부터 옛날이야기를 들은 것이 내 문학의 씨앗이 되었던 듯싶다.

모니터 화면의 불을 꺼야 할 시간이 가까워졌나 보다. 몸은 피곤하지만 글의 실마리가 풀려서인지 불안한 마음은 가시었다.

명년 봄에는 햇빛 잘 드는 베란다에 텃밭상자를 만들어 채송화 꽃밭을 가꾸어보리라.

시인 수필가 김진수 할머니가

이 글을 사랑스런 어린 벗들에게 드립니다.

오빠 생각

한낮의 매미소리에 창밖을 기웃거린다. 녀석은 정원 이팝나무에 찰싹 붙어 까풀막을 까불대면서 울어댄다. 70년 시공을 뛰어넘은 지금까지 성하의 계절에 듣는 매미소리는 내 안의 짜릿한 전율로 되살아난다.

내가 대구로 내려간 것은 여학교 입학 때였다. 대구에서 좀 떨어진 현풍에 개업의로 있던 청년의사인 오빠가 있었기 때문이다.

1950년 7월 하순 쯤 이맘때였다. 봇물처럼 터져 나온 인민군은 순식간에 국군이 배수진을 치고 있는 낙동강

까지 공격해 왔다. 모두가 이남으로 피난을 떠났다. 그러나 오빠는 고집스럽게 병원을 지켰다. 포성은 밤낮없이 그치지 않았다. 낮에는 비행기(B-29)가 에어쇼를 벌이듯 기체를 이리저리 뒤채이면서 무시무시한 융단폭격 세례를 퍼부었다. 그러다 밤이 되면 여지없이 피리와 꽹과리 소리가 요란스럽게 들려왔다. 난중(亂中)의 밤에 들리는 피리소리와 꽹과리 소리는 섬뜩한 공포감을 자아냈다. 모심기를 할 때나 명절 때 듣던, 신명나는 풍물소리와는 전혀 다른 기분이었다. 그것이 중공군의 인해전술에 쓰이던 소리임을 나중에야 알았다.

며칠을 두고 낙동강 일대는 비행기가 쏟아내는 포탄을 맞아야했다. 천우신조인지 그 숱한 포탄은 용케도 청년의사가 지키는 병원을 비껴갔다. 그때 포연 속에 허망하게 무너져가던 이웃집의 모습을 지금도 잊을 수 없다.

포성이 멈추던 날의 햇살은 유난히도 눈부셨다. 그날

매미들의 울음소리는 얼마나 처연했던지 마치 장송곡처럼 들렸다. 한낮의 매미들의 울음소리에 이끌려 대문간으로 나설 때였다 누군가 마구 대문을 쾅쾅 두들기며 "문 열어요. 국군이오."라며 벼락치듯 고함을 질렀다. 순간 나도 모르게 방으로 뛰어들었고 방에 있던 오빠는 공중박이로 뛰쳐나와 대문을 열었다. 대문을 두들기던 사람은 중령계급장을 붙인 장교였다. 그는 차렷 자세로 오빠에게 경례를 붙이면서

"나 숲속의 호랑이요. 부상병들 응급치료를 요청합니다."

전시에 지휘관의 한 마디는 곧 지상명령이었다.

낙동강은 전체가 시체로 변했다. 그 처절한 현장은 차마 눈을 뜨고는 바라볼 수가 없었다. 군번도 없는 시체는 나라를 지키려고 몸을 바친 학도병이라 했다.

오빠는 시체 사이사이를 헤집고 다니면서 시체의 가슴마다 청진기를 갖다대곤 했다. 죽음 앞에선 이념도

국경도 그 어떤 장벽도 없었다. 국군 병사 옆에 나란히 누워 있던 어린 소년병사는 인민군이라 했다. 피 한 방울 흘리지 않고 누워 있었다. 그의 가슴에서 청진기를 떼면서 오빠는 망연히 그를 한참이나 바라보았다.

동족상잔의 비극이 한 자리에서 응축된 듯한 느낌이었다. 도대체 왜 동족끼리 철천지원수처럼 싸워야 하는지를 철부지인 나로서는 도무지 알 수 없었다.

오빠의 청진기는 끊임없이 쓰러진 병사들의 가슴을 더듬거렸다. 마침내 한 병사의 가슴을 헤치며 그는 외마디 소리를 쳤다.

"살았다. 빨리 핀셋, 탈지면, 머큐롬, 가위, 붕대…."

그의 손이 빨라지면서 나의 손놀림도 빨라졌다. 총알이 왼쪽 팔을 관통해나갔다. 외상은 치료했으나 한 방울의 피가 백만금보다 소중했던 순간이었다. 바로 그 부상병을 자전거에 태워 병원까지 쌩쌩 달려가던 오빠. 그의 뒷모습에서 의술은 인술이란 말이 그냥 나온 말이 아님을 알았다.

천지는 불덩어리에 싸인 듯 포연에 휩싸였어도 어김없이 해는 뜨고지고 했다. 동산 위에 붉게 뜨는 해도 아름답지만 서녘 하늘에 붉게 타오르는 노을은 더욱 아름다웠다. 그때 나는 노을빛보다 아름다운 건 사경을 뛰어넘어 생명을 구하는 인술이라 생각했다.

20여 명의 부상병들의 응급치료는 하였건만 당장 시급한 것이 양식이었다. 사흘째 되던 날 아침나절이었다. 비행기의 굉음과 함께 공중에서 마치 태풍에 이리저리 날려 마구 떨어지는 종이상자처럼 이상한 상자들이 병원 지붕 위로 마당으로 쏟아져 내렸다. 그때 붕대를 칭칭 감은 병사들이 창밖을 향해 환호했다.

"야호! 양식이다."

알고 보니 그게 군 야전용 양식(씨레이션)이라 했다. 그 요술상자 속 음식은 쇠고기 통조림, 햄, 빵, 버터, 크래커, 레몬주스, 커피, 소금, 설탕, 담배, 비스킷, 티

슈, 초콜릿, 스파게티, 건빵, 애플소스 등 실로 그 가짓수가 수십 종에 달하였다. 모두 다 외우지 못할 만큼 다양한 종류의 일용할 양식과 생활용품이 들어 있었다. 그 중 장병들이 선호했던 것은 담배와 초콜릿이었던 것 같다.

세상에 어느 식단이 그리 정밀할 수가 있을까. 핵전쟁을 대비한 식단이 그러했을까. 양식을 요청한 사람은 자칭 숲속의 호랑이라 했던 17연대 제2대 대장 송호림 중령(당시)임이 밝혀졌다. "죽기 위해 싸우면 살고, 살기 위해 싸우면 죽는다. 자 우리 실컷 먹어두자." 지휘관의 병사 사랑이 어버이의 자식사랑과 어찌 다를 수 있으랴.

칠월이 가고 팔월이 왔다. 육군병원이 이동하듯 우리도 부상병들을 가득 태운 군용트럭에 실려 야음을 틈타 현풍을 탈출하여 부산으로 내려갔다.

그해 8월 중순은 유난히 더위가 기승을 부렸지만 부산의 한낮은 평온을 되찾은 듯했다. 가끔 멀리서 들려오는 비행기의 굉음만이 전쟁의 공포감을 완전히 떨치지는 못하였다. 하지만 오빠는 곧 바로 군의관으로 임관되어 제6육군병원(밀양)으로 배속되었다.

흐르는 세월과 함께 나도 덧없이 흘러왔다. 메마른 세태에 나 자신도 물들어 간다고 느낄 때면 가끔 오빠 생각을 하며 가슴을 가다듬는다. 그때 내 눈에 비친 오빠의 모습은 아프리카의 성자 슈바이처와도 같았다.

청년 의사 김진욱(金振郁)은 히포크라테스 선서를 벽에 걸고 있어도 부끄럽지 않은 의사로 기억된다. 또한 그의 환자 사랑에 대한 기억과 함께 자칭 숲속의 호랑이 송호림(宋虎林) 중령의 병사 사랑. 흑백사진처럼 되살아난다.

홍씨부인전

가을밤은 깊어만 가는데, 어디선가 글 읽는 소리가 낭랑하게 들려온다. 사방을 휘둘러보았으나 인기척은 없다

한동안 어머니만 머릿속에서 맴돌더니 그런 현상이 일었는가 싶다.

보물처럼 간직해온 일기장을 찾아냈다. 초등학교 6학년 때의 일기장이니 꽤 시간이 쌓인 일기장이다. 그곳에는 '호랑이 담배피울 적 이야기들'이 한꺼번에 깨어나 나를 놀라게 한다. 한 장 한 장 넘겨 가는데 누렇게 절은

일기장 갈피 사이에서 어머니의 글 읽는 소리가 분명하게 내 귓전을 울린다.

"점점 높아 공중에 소소쳐 백능(白綾) 보선 두 발길로 작작(灼灼) 도화(挑花) 늘어진 가지 툭툭 차니 날리나니 낙화(落花)로다. 뒤에 지른 금봉차가 반석상(盤石上)에 떨어져 정그렁 정그렁 하는 소리 근들 아니 경일소냐. 춘향이 이리 노닐 적에 도령이 배회고면(徘徊顧眄)하여 산천도 구경하며 잊은 글귀도 생각다가, 문득 녹음간 어떤 일미인(一美人)이 추천(鞦韆)하는 양 보고 심신(心神) 황홀(恍惚)하야 급히 방자를 불러 묻는 말이….”

어머니의 글 읽는 소리는 자장가처럼 달콤하여 밤이 이울도록 들어도 물리지 않았다. 어린 나이에도 춘향이가 그네 타는 이 대목이 어찌나 아름답던지. 흥겨움 반설렘 반 그림 그리듯 써 내려간 글씨, 내 필체임에 분명

하다

한 지붕 아래 4대가 살던 대가족 시대의 우리 집 여인들(할머니, 어머니, 숙모, 올케)의 삶은 고달프기 이를 데 없었다. 그런 가운데서도 특별하다 싶은 날이면(잔칫날이나 제삿날 밤) 어머니의 글 읽는 소리가 밤의 적요를 깨뜨렸다.

침방은 여인들의 전용 공간이이며, 집안의 남정네들이 얼씬 못하던 금남의 공간이기도 했다. 밤이면 그리도 지엄하신 할머니도 침방 앞에서는 큰기침 한 번으로 기척을 내셨고, 어머니는 그것이 소설책 읽어주기를 은근히 바라시는 신호인 것을 아셨다. 그런 날이면 어머니는 하던 일을 멈추시고 소설책을 펴 들었다. 할머니가 듣기에 재미있는 대목이면 '어이 그렇지 그렇구 말구 저런.' 이렇게 추임새를 넣으시면, 어머니는 서울 장안의 사람을 모아 놓고 글을 읽던 전기수(傳奇叟)처럼 신이 들린 양 솰솰 잘도 읽어 내리셨다. 아낙의 소리가 담을 넘으면 집안이 망한다는 시대에 살면서 책 읽는 소리는 클수록 잘 읽는다는 칭송을 들었다.

한번은 추석 명절을 쇠기 위해 밤이 이슥하도록 송편을 빚어 쪄 놓았는데 아침에 나가보니 시렁 위에 올려놓은 송편이 움푹 자리가 났다. 떡을 좋아하는 작은숙모에게 불똥이 튀었다. 숙모는 떡을 좋아하는 건 사실이지만 언감생심 어디라고 제물에 손을 대겠느냐고 구구절절 말했지만, 할머니의 노여움은 좀처럼 풀리지 않았다.

송편은 누가 가져갔을까?

숙제로 남겨둔 채 추석은 가고. 그 며칠 후 정지 나뭇단 사이 쥐구멍 앞에 송편이 수북이 쌓인 것이 할머니 눈에 먼저 띄었다.

숙모의 누명은 벗겨졌지만, 머릿속에 남은 기억은 봉황초(鳳凰草) 비단 꽃신을 신겨준들 지울 수 없었으리라.

그날 이후 침방에는 밤이 이슥하도록 남포불이 켜져 있었고 어머니는 무언가를 쓰고 계셨다. 지성이면 감천

이라고, 구구절절 엮어나간 어머니가 지어낸 소설 〈홍씨부인전〉.

도톰한 소설책은 붉은 노끈으로 보기 좋게 엮어졌으며 표지는 아롱아롱한 비단으로 되어 어린 내가 보아도 흡족했다.

분이 피도록 읽던 〈춘향전〉과 〈심청전〉은 내려놓았다. 그날 이후부터 할머니는 〈홍씨부인전〉만 읽어주기를 바라셨다. 호랑이도 비껴갈 만치 무서운 할머니 시하에서 고된 시집살이하는 여인들의 이야기며, 바람 잘 날 없는 집안의 남정네들 이야기가 주를 이루었다.

그 중 둘째숙모의 이야기는 슬펐다. 광복군이었던 삼촌은 신혼 초야를 치르고 집을 떠났다. 그 새신랑을 기다리는 애절한 그 마음을 그린 대목에선 할머니는 "저런, 저런 몹쓸 놈 같으니라구." 하시면서 노기를 띠셨다.

〈홍씨부인전〉의 주인공은 책에 분이 피기 전 세상을 떠나셨다. 〈홍씨부인전〉 소설책도 할머니 따라 무덤에

묻혔다.

세상에서 인간이 소유할 수 있는 것 중에서 가장 아름다운 것은 기억이라고 생각한다. 아름다운 환상에 대한 사랑과 올바른 행위에 대한 소중한 기억들. 기억이 상실될 때 미래는 막연할 뿐이다. 행주치마 마를 날 없이 시집살이가 고되어도, 밤이면 책을 읽을 수 있었던 여유로움이 한 폭의 그림과 같이 아름다운 영상으로 떠오른다.

김진수 젓가락 대사

젓가락 대사

아들과 손자의 얼굴빛이 구리빛이다. 백발이 성성한 남편은 운전을 자청하고 나섰다. 다리 위의 탑과 케이블이 환상적인 빛을 내뿜는 인천대교를 지나자 휘영청 밝고 둥근 보름달이 서쪽으로 떠가고 있다.

"할머니, 저 달 피지서 데려왔어요."

"그렇구나! 여기까지 따라오느라고 달도 힘들었겠네."

"할머니, 저 보고 젓가락대사래요"

"젓가락 대사? 그게 무슨 말이야?"

"그건 저도 몰라요. 선생님이 그렇게 불러줬어요."

홍아는 먼 길 오느라고 피곤했던지, 내 품에 얼굴을 기대고 잠이 들었다. 제 아빠를 유독 좋아하여 해외 출장 가는 아빠를 따라 피지까지 가서 2년을 보냈다. 수도 수바에 있는 라우토카 센트럴 프라이머리 스쿨(lautoka central school)에 편입하여 3학년 과정을 이수하고 돌아왔다.

"그게 말입니다. 어머니."

아들은 마치 자신의 얘기인 듯 실감나게 펼쳐갔다.

홍아는 한동안은 낯설지만 신기한 환경에 재미가 들렸었다. 망고나무 숲이 우거진 등굣길, 길 양 옆에 하늘을 뚫을 듯이 서 있는 펜더야자나무, 사탕수수, 정제공장의 높은 굴뚝. 거리마다 사리를 걸친 인도 여인들, 구릿빛 상체를 드러낸 맨발의 원주민, 그야말로 호기심 천국이었다.

아무리 신기한 것도 익숙해지면 지루해지기 마련이

다. 어느 날 아침 홍아는 학교에 가기 싫다며 늑장을 부렸다. 무거운 발걸음으로 등교하는 아들의 뒷모습을 보면서 아빠는 마음이 아팠다. 너무 어린 것을 머나먼 곳까지 데려 온 것을 후회도 했다. 몇 날을 고민한 끝에 담임선생님에게 상담을 신청했다. 담임은 20대의 인도계 여선생이었다.

왜 학교가 싫다고 하더냐. 학습내용은 잘 따라온다. 학교급식이 어떤지 물어보았느냐. 선생이 싫은 건 아니냐. 아이들과 대화가 통하지 않아서 그러느냐? 아빠는 홍아와 학교생활에 대하여 진지하게 대화를 한 적이 있느냐. 리아 선생의 구체적인 질문에 아빠는 한 가지도 정확하게 답변을 할 수가 없었다. 그녀는 이렇게 제안을 해 왔다.

"학교급식 대신 아빠께서 도시락을 싸 보내셨으면 해서요. 여기는 인도계 학생들이 많아서 향이 나는 음식이 많고 식사방법도 인도식이라서 불편해 할 겁니다. 그리고 홍아가 잘하는 것이 있으면 알려 주십시오. 언젠가 교실에 못을 박는 걸 보고 홍아가 손재주가 좋다는 걸 느꼈거든요. 종이접기든 뭐든 발견이 되는 대로 연락해 주세요."

아빠는 무심한 자신을 자책했다. 아들의 특별한 손재주도 발견하지 못하고, 일주일 후에 겨우 도시락을 싸 보냈다. 점심시간이었다. 쇠젓가락으로 밥이며 멸치볶음과 땅콩조림을 집어먹는 게 신기해보였던지 반 아이들이 홍아 주위에 모여들었다. 그리고 아이들은 우르르 밖으로 나가더니 나뭇가지를 들고 와서는 젓가락을 만들었다. 언제 나타났는지 리아 선생도 나뭇가지를 들고 나타났다. 아이들은 아무리 젓가락질을 하려고 해도 강물에 낚시를 던지고 기다리는 낚시꾼처럼 잘 되지 않았다. 그날부터 홍아는 아이들의 관심대상이었다. 학교생활도 재미있어 했다.

그러던 어느 날 아빠는 리아 선생으로부터 쪽지 하나

를 받았다.

"반 아이들에게 젓가락질 하는 법을 가르치려고 합니다. 홍아에게 쇠젓가락을 준비해서 보내주시기 바랍니다. 땅콩조림과 멸치볶음도 넉넉하게 마련하여 주시면 더욱 고맙겠습니다. 홍아가 시범을 보이면 효과적인 학습이 되리라 믿습니다."

홍아도 신이 났지만, 아빠는 더욱 신이 났다. 홍아에게 젓가락질하는 법을 체계적이고 과학적으로 가르쳤다. 밤늦게까지 홍아는 아빠의 강의를 초롱초롱한 눈으로 들었다.

달은 서쪽으로 기울어 가면서 평택 평야를 달리는 노신사의 머리에 하얗게 내려앉았다.

"오늘은 코리아의 친구 민지홍 군으로부터 젓가락 사용법을 배워보겠습니다."

리아 선생의 말이 끝나자, 어떤 아이들은 앞에 준비된

접시를 나누어주고, 어떤 아이들은 접시에 나무젓가락과 땅콩조림과 멸치볶음을 나누어 주었다.

홍아가 앞으로 나왔다.

홍아는 바른 손을 펴고 다섯손가락 이름을 불러본다. 엄지, 검지, 중지, 약지, 애지. 홍아의 손가락이 하나하나 펴질 때마다 아이들도 따라서 손가락을 편다.

다음은 젓가락 잡기 시범이다. 젓가락 중 한 짝은 검지와 중지 사이에 끼우고 또 한 짝은 중지와 약지 사이에 끼운다. 두 짝의 젓가락 위를 엄지로 지그시 누른다. 엄지가 힘을 잃으면 젓가락질은 되지 않는다. 새끼손가락이 귀염을 받는다고 그냥 놀아서는 안 된다. 약지에 붙어 힘을 받쳐주어야 한다.

홍아는 약지와 애지 사이에 낀 젓가락 한 짝을 받침대로 삼아 검지와 중지 사이의 낀 다른 한 짝을 움직이며 땅콩조림을 집어서 들어 보인다. 아이들이 따라해 보지만 쉽게 되지 않는다. 리아 선생도 아이들과 마찬가지다.

"젓가락질은 이렇게 다섯 손가락의 협동으로 이뤄집니다. 손은 보이지 않는 뇌라고 합니다. 손을 잘 쓰면 머리가 좋아지지요."

시범을 마치고 홍아가 멋진 멘트를 날리자 교실 안은 함성으로 가득했다. 그날 이후로 점심시간마다 아이들은 홍아 주위에 벌 떼처럼 모여 젓가락질을 배웠다. 홍아가 신나게 학교생활을 한 건 물론이고 가장 인기 있는 코리아 소년이었다.

청주 톨게이트를 지나 수목터널에 들어서자 달빛은 나뭇가지 사이로 얼룩얼룩 새어나왔다.

"어머니, 바로 어제였어요. 공항 대합실에 리아 선생과 홍아 반 아이들이 모두 나와 있는 거예요. 일로일로, 꽁바오로, 모한, 다스릭샤 친구들의 이름을 하나하나 부르며 홍아가 포옹을 하는데 제가 눈물이 나더라고요. 탑승 게이트를 막 빠져나오려는 순간이었어요. 리아 선생과 아이들이 '굿바이 젓가락 대사. 굿바이 젓가락 대사.'라고 소리치며 손을 흔들어 주었어요. 그 말이 홍아의 가슴에 깊이 새겨졌나 봐요."

"내리시죠, 젓가락 대사님."

우리 가족은 집에 올 때까지 이따금씩 '허허'하고 짧은 단어로 심중의 느낌을 표현하던 할아버지의 웃음을 내내 들었고, 즐거운 마음으로 차에서 짐을 내렸다.

빛나는 졸업식

여기는 캘리포니아 팔로알토. 대학로 거리는 다국적 인종들로 붐벼 축제의 분위기다.

우리는 지금 젊은 무리의 틈에 끼어 끝이 보이지 않는 광활한 캠퍼스 가로수 길을 걷고 있다. 길 양편으로 미끈한 각선미의 팜 트리와 오크나무 숲이 풍성하다. 한 방울의 이슬도 허락하지 않는다는 사막에 뿌리를 내려 저토록 무성히 숲을 이루게 하다니…. 그 풍성한 숲은 48명이란 노벨수상자와 세계유수의 반도체 산업이 한데 모인 첨단기술의 메카라 할 수 있는 '실리콘밸리'를 탄생시킨

주역의 대학이기도 하다. 또한 그 안에는 구글과 야후, 애플컴퓨터, 인텔, 휴렛패커드 등 글로벌 기업들의 본사가 있으며, 모두 스탠포드 출신들이 창업한 회사들이다.

졸업행사 시간까지 두어 시간이 남았다. 우리는 캠퍼스를 둘러보기 위해 오크크릭(oak creek)이란 표지판을 따라 숲길로 들어섰다. 멍석을 깔아 놓은 듯 오크나무 껍질이 깔려 있는 길. 가도 가도 숲길은 끝이 없다. 오크나무 진한 향에 취하도록 걷고 싶었지만 보고 싶은 것들이 너무 많아 잔디공원으로 빠져 나왔다.

새파란 잔디 위로 정오의 햇살이 눈부시게 뿌려댄다. 파란 잔디를 배경으로 우뚝 서 있는 로뎅의 〈카레의 시민〉 조각군 상이 유난히 돋보인다. 나는 잠시 카이저의 희곡 〈카레의 시민〉에서 주인공 쌩피에르의 자기희생적인 외침을 생각해냈다.

"나가라 광명으로/ 밤에서 벗어나서 고귀한 밝음은

다가오고/ 어둠은 사라졌다./ 모든 심연(深淵)에서 칠중
(七重)의 은광(銀光)은 비쳐 나온다./ 날들 중에 가장 위
대한 날이 밝아오고 있다./ 나는 눈을 뜨고 있다./ 다시
는 감지 않을 것이다./ 오늘 나는 다시 태어날 것이다."

"그래, 오늘 상이가 다시 태어나는 거야. 상이만이
아니라 그 가족이 모두 다시 태어나는 거지. 힘들고 어
려운 동굴에서 벗어나 광명으로 나아가는 거야." 내가
혼잣말처럼 중얼거리고 있는데 외손녀 진이가 듣고는
박수를 보낸다. 주위에 있던 사람들이 우리를 보고 손가
락으로 브이 표시를 한다.

성화(聖畵)가 화려하게 그려진 교회건물 앞을 지날 때
상이가 제 누나와 함께 앞장서서 우리를 안내했다.

정오의 종소리가 울렸다. 중세의 나그네가 종소리에
취해 묵상을 올리듯 나도 모르게 기쁨의 손을 모았다.
그리고는 이 학교 상징적인 건물인 후버기념관으로 갔

다. 미국 7대 불가사의인 후버댐을 탄생시킨 이 학교 출신 후버 대통령의 명성만큼 다른 건물에 비해 유독 높은 대리석 건물이었다. 우리보다 앞서온 졸업생들과 학부모들로 긴 줄이 이어졌다. 우리도 그들을 따라 엘리베이터를 타고 종탑까지 올라갔다. 종탑 천장에는 크고 작은 종이 육중하게 매달려 건드리기만 해도 신기(神技)의 소리를 낼 것만 같다. 전망대서 바라본 캠퍼스의 풍경은 푸른 숲과 잔디, 붉은 지붕을 이은 나지막하고 고풍스런 건축물들이 마치 꿈의 궁전같이 처마를 맞대고 있다.

상이는 졸업식장으로 가고 누나인 진이가 우리를 메인스타디움으로 안내했다. 관중석은 어느새 다국적 인종들로 자리를 가득 메웠다. 우리는 본부석을 향한 뒷자리를 어렵사리 잡았다. 넓은 운동장에 줄 맞춰 놓여 있는 빈 의자가 아름다운 정물로 다가온다. 먼발치서 바라본 의자에는 무언지는 모르지만 고운 포장을 한 선물 꾸러미들이 놓였다. 궁금하여 진이에게 물었다. 그날

명사 졸업 축사를 맡은 오프라 윈프리가 졸업생 전원에게 준 책 선물이란다. '미국인들이 다시 책을 읽게 만들겠다.'는 꿈을 가진 그녀가 졸업생들에게 한 선물이라 하니 그 책이 무슨 책인지는 몰라도 참 소중해 보였다.

운동장에는 따가운 햇빛만 쏟아져 내렸다. 그 가운데 날아든 한 점 독수리 같은 검은 물체. 나는 숨죽이며 바라보았다. 대체 저게 뭐람. 한참 후에 알게 되었지만 활기차게 뛰어든 그 젊은이는 바로 이번 졸업생 가운데 우수생이며 한국인이란다. 뒤이어 거구의 코끼리와 황룡이 입장을 하면서 마치 트로이 병사들처럼 쏟아져 나온 졸업생들의 춤과 노래로 한 마당 축제 분위기였지만, 나는 홀로 춤을 추듯 날아든 그 젊은이에게만 눈길이 쏠렸다.

서편 출입구에서는 엄숙하게 입장한 졸업생들로 빈 의자가 채워지고, 코끼리와 황룡도 허물을 벗었다.

전광판으로 시선을 돌렸다. 까만 피부에 목덜미까지

내려온 곱슬머리의 오프라가 총장과 나란히 졸업식장으로 입장한다. 어려서부터 겪은 모든 악조건을 극복하고 당당하게 성공으로 이끌 수 있었던 그녀의 넘치는 열정. 이웃들의 상처를 어루만져 주고, 그리하여 많은 이들의 빛이 되어주는 영향력 있는 인물의 대명사. 식장의 모든 참석자들이 그녀에게 기립박수를 보냈다.

아무래도 졸업행사의 백미는 졸업축사인 것 같다. 새로운 항로에 들어선 젊은이들에게 작별인사로 남기는 말은 역경을 딛고 일어선 성공한 사람의 말보다 더 확실한 답은 없을 것이기에 말이다.

윈스턴 처칠 영국수상의 옥스퍼드대학 졸업축사는 너무나 유명하다. "포기하지 말라. 절대 포기하지 말라." 단 두 문장으로 된 졸업축사였다. 이 명재상의 촌철살인(寸鐵殺人)적인 연설은 어떤 긴 축사보다 강한 인상을 남긴 셈이다. 오프라 역시 축사 가운데 "실패는 믿지 않는다. 언제나 하면 된다는 꿈을 잃지 않는다면."이란

명구는 졸업생들에게 깊은 감명을 심어주었다.

어디선가 탈리스만의 성가 〈나의 아버지〉가 아카펠라로 성스럽게 울려 퍼진다. 어찌나 화음이 아름다운지 마치 천상에서 울려 퍼지는 소리 같다.

이틀간의 졸업행사가 모두 끝났다. 일행은 메인스타디움을 벗어나 가든파티가 열리고 있는 잔디 광장으로 걸어가고 있을 때, 상이가 두 팔을 벌리고 우리를 향해 걸어오고 있다.

이상한 일이다. 아이 엄마의 말을 빌리자면 다른 취미 때문에 공부하는 시간을 많이 빼앗긴다며 걱정하지 않았던가. 녀석의 검은 가운 위로 붉은 휘장과 또 하나의 흰 바탕에 황금색의 종(鐘)을 새긴 휘장이 겹쳐 마치 태극마크처럼 자랑스럽게 펄럭이고 있다. 아이 엄마는 그렁한 눈으로 상이를 껴안는다.

나는 그 딸네 가족들의 정겨운 풍경이 보기 좋아 카메라 셔터를 날래 눌렀다.

종이학의 꿈

하얀 드레스를 입고 신부가 입장하는 모습은 언제 보아도 화사하다. 오늘 식장의 주인공은 손녀딸이다. 펭귄처럼 단정한 양복을 입고 있는 젊은이와 함께 단상 위에 서 있으니 든든하기도 하고 무언지 모를 뭉클한 마음이 들기도 한다. 양가 어른들이 대표로 나와서 아이들이 살아가는 동안 지침이 될 만한 얘기들을 들려주고 축가를 부르고 케이크를 자르는 동안 나는 손녀딸이 나에게 준 선물만을 생각하고 있었다.

16년 전의 일이다. 아마 아이가 중학교 2학년 때이지

싶다. 그해 크리스마스 전야에 아이가 선물꾸러미를 안고 왔다. 무어냐고 물었다. 아이는 대답대신 빨리 풀어보라는 손짓만 계속 해대고 있었다. 아이가 지켜보는 자리에서 포장지를 풀었다. 맑은 유리병 속에 색색의 종이학이 가득 채워져 있었다. 백 마리란다.

남모르는 아픔을 겪고 있는 것일까. 저 많은 종이학을 접으며 무슨 생각을 했을까. 간절한 염원이라도 있는 것이 아닐까? 궁금하기도 하고 덜컥 겁이 나기도 해서 이것저것 물어보았다. 학교생활에 문제가 있는 건 아닌지, 친구관계는 소원하지 않은지? 아이는 다 괜찮다고 하는데도 왠지 모를 불안한 모습이었다. 자기 손을 잠시 비비기도 하고 먼 곳을 바라보는 듯도 하였다. 그러다가 뜬금없이 한 말은

"할머니도 사춘기 타 봤어요?"

나는 잠시 말을 멈추었다가 대답하였다.

"응 탔었지."

"어떻게요?"

"때로는 외로움도 탔고 때로는 맥없이 슬퍼지기도 하고, 때로는 엉엉 목 놓아 실컷 울고 싶을 때도 있었단다. 그러다 느닷없이 무섭기도 하더라, 곁에는 부모형제들이 다 있는데도 왜 그랬는지 모르지. 그럴 때 마치 나 혼자 외로운 섬에 던져진 듯한 기분이었을 거야."

이야기를 듣고 난 아이는 또 묻는다.

"그러고요?"

"그러고 때로는 어딘가 꼭꼭 숨어버리고 싶기도 했지."

"어디서 숨었어요?"

"다락방이었어. 그곳은 나만이 소유할 수 있는 작은 우주였지. 그곳에 들어가 있으면 그토록 포근하고 안락할 수가 없었단다."

"할머니의 사춘기 얘기 듣고 나니까 뭉크의 그림 〈사춘기〉가 생각나요."

"세상의 모든 여자들이 뭉크의 그림같은 사춘기를 겪을 거야. 어른의 상징인 검은 가면, 불안과 두려움의 가면이지, 뭉크는 그 상징의 가면을 소녀의 뒤에다 검은 그림으로 채웠지."

"할머니 저도 그래요. 아무 까닭 없이 불안하고 두렵고 어디론가 숨고 싶고 그래요. 그럴 때마다 접기 시작한 게 종이학이에요. 할머니께 선물로 드리면 제 맘 잘 이해해주실 것 같아서요. 그리고 잘 보관해주실 것 같기도 하고요."

"아, 가엾은 우리 손녀."

나는 아이를 꼭 안아주었다.

"할머니도 종이학을 접으셨어요?"

"어쩌면 이 할미와 똑같이 사춘기를 겪고 있는지 모르겠구나. 나도 너만한 여학생일 때 종이학을 접었지. 그 시절에는 색종이가 아닌 다 쓴 잡기장을 뜯어 접었단다. 종이학을 접다보면 두 날개와 긴 부리는 있는데 다리가 없는 것이 매우 아쉬웠단다. 다리 없는 새는 날지 못할 텐데 얼마나 고민을 했던지. 어찌하면 두 다리가 있는 종이학을 접을 수 있을까 하고. 종내 다리 없는 종이학만 접다가 사춘기는 지나갔단다."

어느 해 방학에 아이가 왔을 때 유리 항아리 속의 학이 답답해 보여서 우리 함께 날려 보내면 어떨까 하고 물어보았다. 아이는 기겁을 하면서 "할머니 마개를 열면 안 돼요." 하면서 단호하게 내 손을 가로막았다. 왜냐고 물었더니, 열면 정말 날아갈지도 모른단다.

아이가 돌아간 뒤 유리병을 물끄러미 바라보았다. 저 많은 종이학 한 마리 한 마리 접으면서 아이가 바라는 소망도 함께 접었으리라. 그런 생각이 돌자 마치 판도라의 상자를 끼고 있는 듯 두려웠다. 그러면서도 유리병만 보고 있으면 병마개에 손이 닿곤 했다. 그때마다 헛손질만 하였다. 열어보면 안 된다는 아이의 말 때문은 아니었다. 저 유리병 마개를 여는 순간 아이의 꿈이 날아갈

것 같았기 때문이었다.

신혼여행에서 돌아오면 아이에게 물어봐야겠다. 이제 유리병 속의 학들을 날려 보내도 되겠느냐고.

02

잊을 수 없는 그 날의 약속

'겐지'에게 말 걸기

무슨 영문인지. 밤새 뒤척이다 이층 서재로 올라갔다. 시계바늘을 보니 새벽 이슥한 시간이다. 전등을 켜지 않아도 실내는 달빛으로 환하다. 창문을 열었다. 밤새 서쪽으로 달려온 순일한 달과 눈이 마주쳤다. 포실한 가을 하늘에 안긴 저 달도 지금 나와 같이 살아 있음에 행복할까.

마루 한편에 자리 잡고 있는 겐지를 바라본다. 온 세상은 적요에 잠겼는데, 오직 겐지 혼자 깨어 있어 나를 빤히 바라본다. 겐지가 내 집에 온 건 십년 전이었다.

심장쇼크로 병실로 실려가 응급실에서 입원실로 옮기던 날, 어린 손주 녀석이 쾌유를 빈다며 겐지 난분을 안고 왔다. 겐지가 뿜어내는 은은한 향기는 천상 선녀의 손을 잡은 듯 나를 가뿐히 일으켜 세웠다. 대궁마다 꽃을 송이송이 달고는 아래로부터 차례로 한 송이씩 봉오리를 터트렸다. 그럴 때마다 재생하리라는 의지가 굳어졌다. 향기도 향기이려니와 꽃받침 바로 밑에 맺힌 이슬 같은 물방울은 순수 그 자체였다. 그 작고 투명한 액체를 보는 것만으로도 깊은 병이 치유될 것만 같은 예감이 들었다.

퇴원할 때 음울했던 내 기분을 가라앉혀준 겐지를 포근히 감싸 안고 나왔다. 그런데 겐지는 무슨 영문인지 그 후 십 년 동안 마음의 문을 꼭꼭 닫아걸고 있었다. 십 년 세월이면 강산도 변한다 하였는데, 줄기만 무성하고 꽃은 피울 생각도 않았다. 내 눈에 거슬리기 시작했다. 눈에 넣어도 아프지 않을 손주 녀석이 가지고 왔다는 생각도 잊어버리고, 지난 4월 베란다에서 이층 마루의 한구석으로 옮겨버렸다. 마루라고는 하지만 복도나 마찬가지이다. 여러 식물들이 모여 있는 베란다에 비하면 형편없는 자리이다. 아침나절 잠깐 햇볕이 들고 항상 서늘한 기운이 가시지 않는 곳이었다.

올해는 봄부터 두 번째 수필집을 내느라 분주하게 보냈다. 각 신문과 문예지에 발표했던 글들을 모아 《하얀 숲》이란 이름을 달아 세상에 내 놓았다. 첫 수필집 《숨은 나》를 상재한 지 십 년만이다. 내내 달고 다니던 혹을 떼어낸 듯 홀가분하다. 내친김에 여행도 다녀왔다. 목적지는 딸이 살고 있는 캘리포니아, 기간은 3개월이었다. 여행은 언제나 설렘으로 일렁거려 좋다.

여행에서 돌아와 보니, 집에도 나를 설레게 하는 것이 있었다. 겐지였다. 나 없는 사이 대궁을 다섯 줄기나 힘차게 뻗어 올렸다. 십 년 전 병실에서 처음 만났을 때와 똑같았다. 반갑다 못해 환희롭다. 햇빛도 양분도

없는 곳에서 어떻게 꽃을 피울 마음이 들었을까. 동네방
네 소문내면서 자랑했다. 모두들 길조라며 축하의 인사
를 보냈다.

하루는 K시인이 내 집에 들렀다. 잠시 지나는 길이라
고 했다. 나는 꽃 자랑부터 늘어놓았다. 그는 겐지를
보자 냄새를 맡아보고, 꽃의 생김새도 이리저리 살펴보
았다. 꽃받침 아래의 이슬방울 속에 들어가기라도 하려
는 듯이 한동안 뚫어질 듯 응시하였다. 그리고는 중얼거
리듯이 몇 마디 던졌다.

"겐지는 반양반음(半陽半陰)을 좋아하지요. 바람이 잘
통해야 하구요. 주인의 발자국 소리를 듣고 자라지요.
이 자리라면 겐지가 살기에는 안성맞춤이네요. 아, 이
것 좀 보세요. 꽃을 피워내는데 얼마나 고통이 컸으면
이렇게 아름다운 사리(舍利)가 꽃받침마다 맺혔을까
요."

그의 말대로라면 내가 내팽개치다시피 한 자리가 바

로 겐지에게는 명당자리이고, 이슬방울 같은 것은 개화를 위한 인고(忍苦)의 응고체인 사리였던 셈이다. 그의 말을 듣고 나니 겐지가 그냥 겐지가 아니라 우주와 균형을 이루는 소중한 생명체라는 생각이 들었다.

그 후로는 겐지와 눈만 마주쳐도 이야기가 하고 싶다. 그리고 겐지의 말에 귀를 기울여도 본다.

'겐지야, 십 년 동안이나 무엇 때문에 가슴 여미고 살았니. 그동안 네가 내 사랑을 몰라주었기 때문에 그만치 나도 섭섭했던 거야.'

'할머니는요. 내가 가장 싫어하는 베란다 한 구석에 내던져놓고, 남들 다 맞는 영양주사에 토끼 똥 같은 알약만 주셨잖아요. 그게 사랑인가요? 내가 그동안 어떤 역경을 헤쳐 나왔는지 할머니는 몰라요.'

가슴이 뜨끔했다. 화분에 주사바늘 하나 꽂아놓고 메마른 인스턴트 거름 몇 개 던져놓고 사랑인 양 하던 것이 잘못임을 깨달았다. 이는 마치 백인들이 인디언들을 모하비 사막 한가운데 격리시켜 놓고 담배니 술이니 거기에 마약까지 끊임없이 공급하는 것과 뭐가 다른가.

'할머니도 음식을 드셔야 몸에 기운이 나시잖아요. 저도 마찬가지예요. 저에게는 한 점 바람과 은은한 햇빛 그리고 가끔씩 소낙비같이 쏟아 붓는 물줄기, 춥지도 덥지도 않은 온도가 양식이랍니다. 밤이면 달도 보고, 별도 보고 싶어요. 풀벌레 소리가 들려주는 자장가를 들으면 얼마나 잠이 포근하게 오는데요.'

그랬을 것이다. 나도 집안에만 갇혀 있을 때면 숨통이 막히는 것 같은 걸. 말 못하는 식물이라고 하여 어찌 답답하지 않았으리.

'미안하다 겐지야. 내가 너를 너무 몰랐던 거야. 네가 나와 다르다는 것을 미처 생각지 못했어. 어쨌든 네가 기운을 차렸으니 다행이다. 이젠 할머니가 잘할 게. 아름다운 음악도 들려줄 거야.'

나는 겐지에게 민요서부터 우리나라 대중가요에 이

르기까지 여러 장르의 음악을 들려주었다. 음악을 듣는 순간 즐거운 반응을 보이는 것을 보면, 겐지는 음악을 좋아하는 게 틀림없다. 음정, 박자 제각각이지만 내가 생음악으로 노래를 불러주면, 저도 신명이 지피는지 꼿꼿이 섰던 녀석의 꽃 대궁이 비스듬히 옆으로 조금씩, 조금씩 갈지(之)자형으로 벌어지면서, 마치 송창식의 엉거주춤한 폼을 하고는 춤을 추는 형상으로 변해간다.

화분에 하얀 조약돌을 깔아주고, 보드라운 물수건으로 줄기를 닦아주었더니, 겐지의 몸 전체가 화안하다. 꽃잎에 살짝 얼굴을 갖다댔다.

'할머니, 이제 할머니하고 저하고 코드가 맞는 것 같아요. 그런데 아휴, 할머니 숨이 막힐 것 같네요.'

'코드가 맞는다는 게 어떤 건데?'

'할머니는 그것두 몰라요? 서로 배려하는 것이잖아요.'

'그럼 서로 배려하는 건 뭐야?'

'참, 할머니두. 뽀뽀하기 전에 초콜릿을 먹어두는 거죠.'

'초콜릿?!'

'할머니 눈에 졸음이 가득해요. 저도 졸려요.'

불을 끄고 잠을 청했다. 오랜만에 아주 오랜만에 꽃잠을 청해보는 것이다. 발그레한 입술에서 나오는 겐지의 말들이 연방 연잎을 구르는 이슬방울 같다. 솜이불 같은 포근한 기운이 온몸을 감싼다.

좀 있으면 낙엽의 계절이 올 것이다. 그리고 곧 흰 눈이 내릴 것이다. 찬 서리 내리기 전까지는 아무래도 겐지를 한 데 자리에 그냥 놓아두어야 할 것 같다.

김진수 젓가락 대사

안나 할머니 이야기

안나 할머니는 재활용품을 수집하는 93세 고령이시
다. 무릎의 연골이 닳고 삭은 이빨처럼 푸석한 리어카를
앞세운 안나 할머니. 골목보다 일찍 일어나 여기저기
순례하듯 누빈다.

할머니의 삶은 숯검댕이와도 같다. 그렇다고 당신이
베푸는 것만큼 돌아오지 않는다고 투정 부리지도 않는
다. 당신의 기도를 들어주지 않는다고, 하느님과 등을
돌려본 적도 없다. 그런 할머니가 요즘은 하느님 탓을
가끔 한다.

"아무래도 하느님이 나처럼 귀가 잡수셨나봐."

안나 할머니는 어떤 삶의 파도도 능히 견뎌냈건만, 요즘은 어찌된 영문인지 자신의 무릎을 치면서 기도하는데도 하느님은 들은 척도 않으신다며 호소한다.

그러던 어느 날 뜬금없이 할머니는 하느님 보청기를 사드려야겠다며 혼잣말처럼 뇌신다.

"한 20만 원 갈랑가."

알아보기는 해야겠지만 그 값이면 될 것 같다 하신다. "할머니 하루 벌이가 얼마인데요?" 하고 물으면 움직이는 만큼 번단다. 날씨가 궂거나 몸이 아파 눕는 날이면 할머니의 벌이가 공치는 날이다. 할머니의 머리칼은 세월을 잊었는가. 흑발에 머리숱도 짙다.

할머니의 정신력은 어쩌면 천진난만한 세 살배기로 머물러 있는지도 모른다. 그렇지 않고서야 365일을 하루같이 리어카를 동반자처럼 앞세우고 다니면서도 저리도 천진한 감성과 천진한 모습을 지닐 수 있을까 싶다.

하루는 내가 나가는 성당에서 할머니를 만났다. 나들 이웃으로 깔끔하게 차려입고 길고 까만 머리를 틀어 올려 예쁜 핀을 꽂은 할머니. 반달처럼 굽은 허리만 아니었다면 몰라보았을 것이다. 그는 해바라기처럼 제대 쪽으로 고개를 치켜들고 손에는 성금을 쥐고 줄을 따라간다. 그의 손에는 푸른 지폐가 들려 있었다.

할머니의 그런 모습을 보고 알아차릴 수 있었다. 할머니가 언젠가 내게 말한, 하느님 보청기 사드려야겠다는 그 약속이 그냥 지나가는 말이 아니었음을. 세상엔 헛된 말 아무 생각 없이 마구 내뱉는 이들이 얼마나 많은가. 사람과의 약속도 중요하지만 자신이 믿고 의지하는 신(神)과의 약속을 지키는 일은 더욱 소중할 것이다.

그날 이후 할머니를 만나면 보석을 만난 듯 반갑고 귀히 여겨졌다.

할머니는 자식이 있다 하여 동회서 지급받는 생활보호대상에서도 밀려났다. 그런데도 단 한 번 그 자식 탓

하는 소릴 듣지 못했다.

어느 여름날 할머니는 자신의 리어카에 4-5세쯤 되어 보이는 땟국이 꾀죄죄한 사내아이를 싣고 왔다. 누구냐고 물었더니 어느 정신 나간 인간의 새끼란다. 버리고 갔으니 끼니라도 거두어 먹이려고 싣고 나왔다며, 이런 아이 거두는 것도 다 자기의 팔자소관이란다.

"돌멩이가 항아리 위에 떨어져도 그것은 항아리의 불행이고, 항아리가 돌멩이 위에 떨어져도 항아리의 불행이다. 어쨌든 항아리의 불행이다."라고 한 탈무드의 말이 새삼 떠오른다. 우리는 하루 몇 번이나 '내 탓이오'를 되뇌면서 가슴을 치는가. 모두가 자기 탓이려니 하는 매우 긍정적인 사고를 지닌 할머니.

그런 할머니가 현관 앞에 신문이 제법 쌓였는데도 발길이 뜸하다. 엄동설한에도 별 탈 없으면 어김없이 모습을 드러내던 할머니. 몸이 불편한가. 리어카에 싣고 다니던 사내아이는 어찌 되었을까. 금방 죽을 것 같다가도 불사조처럼 털고 일어나 골목을 누비던 할머니.

창밖엔 눈발이 흩날린다. 신문값이 좋다며, 신문 모아주는 걸 좋아했다. 고철(古鐵)은 더욱 값지게 여겼다. 힘에 부치도록 무거워도 돈 되는 것이면 초능력이 발휘하여 두 쪽짜리 캐비닛도 이리 굴리고 저리 굴려 그 손바닥만 한 리어카에 싣던 할머니.

눈이 쌓인다. 신문도 쌓여간다. 창문을 열고 나비처럼 흩날리는 눈을 바라보고 있으려니, 리어카를 앞세운 안나 할머니의 합죽한 웃음 띤 모습이 영상처럼 스쳐간다.

예솔이 이야기

지난 초봄 예솔이가 제 엄마와 함께 다녀갔다. 캐나다 토론토에서 온 네 살배기 여아다. 내 친구의 외손녀로서 호기심이 많은 아이다.

예솔이에게 동화책을 선물할 겸 번화가로 나섰다. 상점들이 즐비해 눈요기하면서 걷기에 좋은 거리다. 예솔이 엄마가 미아방지용 팔찌를 끼우긴 했지만 나는 예솔이의 손을 꼭 잡고 걸었다. 로데오 거리 뒤편인 듯 예솔이는 잠시 발을 멈추면서 "저거 술 취했나 봐요." 한다.

예솔이의 말이 맞는 것 같다. 신장개업을 알리는 커다

란 풍선이 흐느적거리며 춤을 추고 있다. 그 아래에서는 방한모에 엉덩이만 겨우 가린 자켓을 걸친 소녀들도 함께 춤을 추었다. 무슨 곡인지는 모르지만 듣기에 신명을 지핀 듯했다.

꽃샘추위는 맵다. 예솔이는 춥다며 내 품을 파고들면서 저 언니들 참 불쌍하다고 한다. 왜 불쌍하냐고 물었다. 이렇게 추운 날 밖에 나와 맨 다리로 춤을 추니 불쌍하다고 한다. 아닌 게 아니라 자켓으로 엉덩이만 가린 소녀들의 춤은 춤이라기보다는 추위에 바들바들 떠는 듯 보였다. 나는 예솔이의 손을 끌며 단골서점으로 가기 위해 그 자리를 떠났다.

날씨 탓인지 행인들도 뜸하다. 철당간과 인접해 있는 'ㅇㅇㅇ 서점' 건물 벽에 폐업이란 붉은 글씨가 그냥 돌아가라고 말한다. 오랜 단골서점이었는데 섭섭했다.

맞은 편 골목길 이름난 호떡집으로 발길을 옮겼다. 바람이 차갑게 부는 날은 따끈하고 달콤한 호떡을 호호

불면서 먹는 맛이 그만이다. 몇 사람 뒤에 서서 차례를 기다리던 중이다. 누가 내 등을 툭툭 치기에 뒤돌아보았다. 중학생으로 보이는 사내아이다. 추우니 자리 좀 양보해 달라는 줄 알고 내 앞에 세우려고 한 발 뒤로 물러섰다. 학생이 말했다. "할머니 배고파요. 돈 만원만 주세요."

요즘도 구걸하는 아이가 있는가 싶어 자세히 살폈다. 방한용 잠바는 걸치지 않았지만 그리 찌든 인상은 아니었다. 번뜩 가출소년이란 생각이 들었다. 호떡 두 개를 더 주문했다. 학생은 손을 쓱쓱 비비며 그냥 서 있었다. 예솔이는 배고프다는 소년을 뚫어지게 바라본다. 주문한 호떡이 나왔다. 그 중 두 개를 학생에게 먹으라며 건넸다. 학생은 호떡은 마다하고 돈 만원만 달라고 한다. 어안이 벙벙했다.

순간 수년 전 일이 떠올랐다. 골목길 일단정지 차선에서 신호를 기다릴 때였다. 그 아이도 만원만 달라는 학생과 비슷한 나이였다. 차창을 두들기기에 조수석 차창을 반쯤 열었다. 학생은 불현듯 차에 찰싹 붙어서면서 "아줌마 일억만 주세요." 뭔가 정신이 혼란한 학생이란 생각을 하면서 학생을 억지로 밀어내기는 했지만 마음이 아팠다. 예솔이는 만원만 달라는 아이에게 동정심이 일었나 보다.

"이모할머니, 저 오빠가 만원만 달라고 하네요."

"그래?"하고 나는 예솔이의 말을 듣는 둥 마는 둥 밀쳐내고 더 주문한 호떡까지 신문지에 돌돌 말아 가방에 넣었다.

어둠이 어둑신하게 내려앉자 희끗희끗 눈발이 날렸다. 한기가 느껴졌다. 예솔이와 몸도 녹일 겸 맥도날드 가게에 들어갔다. 햄버거와 닭튀김을 주문했다. 예솔이의 관심은 햄버거도 닭튀김도 호빵도 아니었나보다. 예솔이는 어떤 아이가 불쌍한 아이냐고 다그쳐 묻는다. 예솔이 엄마의 말이 생각났다.

"예솔이는 유별나게 호기심이 많은 아이예요. 꼬치꼬치 묻는 말에 함정이 있을 수 있으니 너무 마음 쓰지 마세요."

함정이란 표현이 걸려서 마음에 담겨 있었나 보다.

준비된 답이 아닌 이상 나도 예솔이에게 실수를 범할 수도 있다는 생각을 하니 조금은 긴장되었다. 이 순진무구한 아가에게 어떠어떠한 아이가 불쌍한 아이라고 말해줄까 궁리하다 이렇게 답을 해 주었다.

"응 불쌍한 아이는 말이다. 공부해야 할 때 공부하지 않고 엄마 아빠 말도 잘 듣지 않으면서 놀기만 좋아하고 밥만 먹는 아이가 불쌍한 아이란다."

예솔이는 햄버거를 집으려다 말고 눈물이 가득 고이더니 금세 눈물을 주르륵 흘렸다.

"이모할머니 나 불쌍한 아이야. 공부도 안하고 놀기만 좋아하고 밥만 먹잖아."

이때 내가 유일하게 할 수 있는 일은 쟁반에서 식은

햄버거와 닭튀김을 포장해 가방에 넣는 일밖에 없었다.

캐나다에서는 '예솔'이라 하고, 여기 할아버지랑 할머니는 '이예솔'이라 부른다면서 엄마가 그러는데 둘 다 맞다고 한단다.

예솔이가 이틀을 묵고 돌아가는 아침 식탁 앞에서였다. 우리 집 가장이 수저를 들면서 '어여 먹자.'고 했다. 예솔이는 기다렸다는 듯 "할아버지 우리 기도해요." 두 손을 모으는 아가 앞에서 어른들은 엉겁결에 객쩍은 미소를 띠면서 두 손을 모았다. 예솔이의 기도는 단 한 마디였다.

"하느님, 저 불쌍한 거북이 다시 살아나게 해주세요. 아멘."

천상의 목소리 같았다. 모두 말을 잊고 침묵에 잠겼다.

반세기가 지난 일이다. 월남전에 참전했던 친정 조카가 선물이라며 안고 온 몸집(가로 40센티 세로 59센티)이

큰 박제된 거북이다. 우리 가족은 이 거북이를 '천 년 거북이'라 명명했다.

'아가, 기도 참 잘했다.'는 말에 예솔이의 볼에 화색이 돌면서 식탁 위에 차려진 음식으로 젓가락이 부산했다.

예솔이는 제 엄마와 함께 토론토로 떠났다. 나는 예솔이를 보내지 아니하였다.

김진수 젓가락 대사

젊은이에게 하고 싶은 말 한마디

인생을 어떻게 살아야 잘 사는 것인가. 이에 대한 답은 한도 끝도 없을 것이다. 어떤 철학자도 어떤 종교가도 한 마디로 답을 내린 이는 없다고 생각한다. 그러나 삶의 층이 겹겹이 쌓이다 보니 '아! 인생이란 이런 거구나.'라고 슬며시 혼자라도 외쳐볼 때가 있다.

장맛비가 세차게 우산을 때리던 날이었다. 나는 무척 비를 좋아한다. 몸과 마음과 대지가 한꺼번에 씻기는 느낌이 좋다. 그날 저녁나절 찬거리를 마련하려고 동네 천사 '1004'라는 슈퍼마켓에 갔다. 아욱이며 상추, 풋고

추, 오이, 애호박 등 푸성귀만 몇 가지 골라 바구니에 담아 계산대 쪽으로 갔다. 그날따라 북적거리는 줄을 서서 차례를 기다리는데 환갑은 되어 보이는 초로의 남자가 부탄가스 하나 들고 내 옆에서 머뭇거리고 있다. 보아하니 그것 하나만 계산하면 되니 자리 좀 양보하라는 줄 알았다. 한 걸음 뒤로 물러서서 "바쁘신가 보죠?"라고 말하면서 자리를 양보했다. 그는 들었는지 못 들었는지 옴짝 않고 그대로 서 있다.

이상한 일이다. 그는 뒤로 가서 줄 따라 차례를 기다리지 않고 여전히 계산대와는 거리를 두고 계산대를 향해 부탄가스를 흔들어 보인다. 여점원이 보기에도 눈에 거슬렸던지 "아저씨, 그거 이리 가져와야 계산하지요."하면서 퉁명스럽게 말을 하였다.

60년대 연탄은 난방과 취사의 전부였다. 잠시도 멀리 할 수 없는 뜨거운 동반자였다. 그때 신입은행원의 월급이 9만원이었고 자장면 한 그릇 값은 20원이였으며 연탄 한 장 값은 5원이었다. 연탄 한 장이라도 아껴 쓰려고 연탄불을 갈아야 할 시간을 늦추다가 연탄불 꺼뜨리기 일쑤였다. 연탄불이 꺼지면 그처럼 난감할 수가 없었다. 갓 찍어낸 연탄일수록 불을 붙이기란 더욱 어려웠다. 그때 매캐한 연기에 흐르던 내 눈물을 닦아 주면서, 당신 집 아궁이에서 밑불을 빼 주시던 이웃집 준호 할머니가 불현듯 생각났다.

"새댁 이거 공짜가 아니야. 나중에 갚아야 해."

그 밑불의 빚을 갚을 시간도 없이 우리는 그 집을 떠났다. 그날 준호 할머니는 대문까지 나와 전송해 주시면서 "잘 살아 밑불 빚진 거 잊지 말구!" 그 말이 알뜰히 잘 살아보라는 덕담 이상의 말이었다는 것을 반세기가 흐른 뒤에야 깨달았다. 인생이란 참 신기하다. 그래서 삶의 하루하루를 소중히 여기라고 했나 보다.

그 남자는 여점원의 싸늘한 눈초리에 주눅이 들었는지 다 죽어가는 소리로 말을 한다.

"저…나…내…덕…동에 살아유."

주머니엔 돈이 없다. 돈은 없지만 본능적으로 진열대에 놓인 부탄가스 한 개를 집었으리라. 그거 하나면 그날 저녁은 거뜬히 넘길 수 있다고 확신했으리라.

답답하다. 저 사람. 언제까지 저렇게 서 있을 작정인가. 마치 메아리 없는 그림자 같다. 그래도 그렇지 부탄가스 한 개의 값이 얼마인데 수중에 그만한 돈이 없어 외상 달라고 하는가. 땀에 절은 누르끄레한 티셔츠며, 헐렁한 낡은 바지, 말끝이 흐트러지는 자신 없는 말.

드디어 내 차례가 왔다.

"아저씨 공짜는 없거든요."

라는 말을 던지며 내 계산서에 부탄가스 하나를 더 보탰다. 내가 산 물건에 800원이 더 붙은 영수증이 나왔다. 내게 연탄불을 빌려주면서 '이거 공짜가 아니니 형편이 되거들랑 꼭 갚아야한다.'하시던 준호 할머니의 따뜻한 마음을 이렇게나마 갚게 된 것이 얼마나 고마운 일인가.

갑작스런 나의 호의에 어리둥절해 하는 그에게 내가 먼저 목례를 보내고는 총총히 슈퍼마켓을 나왔다.

장맛비가 시원스레 쏟아지고 있다.

김진수 젓가락 대사

추억을 건져 올린 명암타워

청주시민들이 사랑하는 세 가지가 있다. 경부고속도로 인터체인지에서 청주시내로 들어오는 수목터널과, 청주를 동서로 가르며 남쪽에서 북쪽으로 흐르는 무심천 그리고 소가 누워 있는 자세로 청주를 한눈으로 바라보고 있는 우암산이다.

그런데 수년 전 맑은 고을 청주의 품위를 드러내는 자랑거리가 또 하나 생겼다. 우암산 동쪽기슭 산세의 지형이 모아지는 명암저수지에 특이하게 세워진 타워가 바로 그것이다.

명암저수지는 일제 때 농업용수를 위해 만들어졌지만, 취수가 필요 없게 되자 타워를 세워 독창적인 유원지로 가꾸어가고 있다.

청주시가 교육, 문화, 예술의 도시임을 강조하기 위해 삼각 꼭짓점으로 설계되었다. 또한 청주시가 전국적으로, 세계로, 우주로 향하려는 수직 방향성을 표출할 수 있도록 미래지향적이고 초현대적인 형태로 디자인된 건물이다. 계곡에서 흘러드는 명암저수지의 거울같이 맑은 물, 채워지는 물을 강조하기 위해 수면의 수문 쪽에 위치시켰다.

시간에 따라, 계절에 따라 여러 모습으로 변한다. 한낮에 보면 아래쪽의 빨강색이 강렬하여 맨발의 청춘을 연상케 하고, 저녁나절에 보면 마치 관복을 한 근엄한 재상처럼 보이기도 한다. 여름에는 우아한 멋쟁이 남성 같고, 겨울에는 근육질의 남성같다.

내가 청주에 살면서 자주 이곳을 들르는 이유는, 이렇

게 각양각색의 모양으로 변하는 타워와 저수지의 물과 주변의 산이 잘 어우러져 편안함과 즐거움을 주기 때문이다.

라운지에서 차를 마시며 물속을 바라보노라면 어느새 호수는 내 고향 강릉 앞바다로 변하여 출렁거린다. 물속에 잠긴 타워의 그림자가 고깃배의 밤길을 안내하는 등대로 비추기도 하고, 해초 깊숙이 산란하던 잡어떼의 안녕도 지켜주는 듯 보인다.

그 옛날 풀각시 시절 학업 중이던 남편을 따라 여름방학 동안 시댁에 내려왔다. 그때 우리는 밤이면 집 근처에 위치한 명암저수지를 즐겨 찾았다. 달 밝은 밤 수심 깊이 잠긴 달을 바라보는 순간 투망을 던진다. 그 많던 물고기는 다 빠져나가고 오직 걸린 건 둥근 달뿐이다.

"걸렸네."

"뭐가?"

"달이."

장난삼아 한 말인데 새신랑은 어느새 '풍덩' 저수지에 뛰어들었다. 그때 밤낚시 하던 젊은이들에게 구조되어 나오는 새신랑의 모습이 얼마나 믿음직스러웠던지.

추억이 아름다운 건 단지 지나간 일이기 때문만은 아닐 것이다. 다시는 체험할 수 없는 고난이었기 때문도 아닐 것이다. 미숙하나 용기 있고, 거칠지만 순수하여 내밀한 기억으로 간직되기 때문이다. 이처럼 혼자 가슴 깊이 숨겨 둔 비밀을 캐내 올리고 있는 추억은 희망이며 그 자리가 명당자리라고 생각한다.

잊을 수 없는 그날의 약속

또 한해가 저물어가는 12월이다.

피고 지는 꽃잎처럼 대자연의 순환은 어김없이 거듭되고, 떨어진 가로수 나무이파리가 바람에 이리저리 휩쓸리고 있다.

오늘은 먼저 떠난 남편을 찾아가는 날이다. 문득 한 생각이 일었다. 생전에 남편이 즐겨 피우던 담배 한 갑을 가방 속에 넣고 집을 나섰다.

묘지로 향하는 가로수 길을 아들의 팔을 지팡이 삼아 둘이서 걷는다. 남편은 이 길 따라 마지막 길을 떠났다.

자신의 출생지인 이 길 따라 떠났다. 지나고 보면 모두가 풍경인 것을.

예나 지금이나 나무는 말이 없다. 갈색 이파리를 다 떨구고 알몸의 거목으로 의연하다. 삶의 무게를 견디지 못할 때 찾아가 안기면 어머니의 품처럼 포근한 길이기도 하다.

고뇌로부터 솟구치는 애증과 번뇌, 망상, 슬픔까지 떨구어 낼 수 있다면 나는 주저 없이 발가숭이 나목으로 살다 가고 싶다.

묘지로 오르는 길은 한 차례 비를 맞아 낙엽길이 미끄럽다. 청주살이 20여 년 동안 기쁘나 슬프나 자주 찾던 길이다.

담배 한 개비에 불을 붙여 향로에 사른다.

병상 머리맡에 '금식'이란 푯말이 달렸을 때도 애타게 찾던 담배. 그럴 때면 나는 차마 단호하게 말할 수 없어 "잠시만 기다려요." 했던 그 잠시의 기다림은 죽음 후까지 이어졌다.

남편이 처음 담배를 피운 것은 6·25전쟁 당시로, 학도병으로 참전하면서 화랑이란 담배를 피우기 시작했다니 구력 60여 년 세월을 거슬러 올라간다.

그로부터 진달래, 아리랑, 파고다, 신탄진, 금잔디, 청자, 태양, 환희, 은하수, 솔, 한라산, 88, 에쎄에 이르기까지 그 이름 다 욀 수 없는 다양한 담배를 재떨이에 담배꽁초 쌓이듯 오랜 세월 향유했으리라.

한때는 입원 후 절대 금연이란 병원 측의 규칙을 잘 따라주었는데 어느 방문객이 남기고 간 담배 냄새를 맡고 동화되었던지 느닷없이 "나 담배 한 갑 사다주오."라는 그 한 마디 말에 온 몸에 감전이 왔다.

그날 이후부터 시시때때로 노래처럼 담배를 찾았다. 한 갑에서 한 개비로, 한 개비에서 한 모금으로 구원처럼 호소했다. 그리도 목마르게 찾던 담배 한 모금 끝내 피워보지 못하고 떠났다. 켜켜이 묵은 삶 재떨이에 쌓인 담배꽁초를 버리듯 다 비우고 떠났다.

한순간 아픔이 솟구쳐 오른다.

슬픔보다 기쁨을 선사하려고 담배 한 개비 피워 올렸는데, 북받쳐 오르는 눈물 참으로 오랜만에 간혔던 눈물 다 쏟아냈다.

떠난 후에야 생각한다. 얼마나 아픔을 견디기 어려웠으면, 얼마나 고독을 감당키 어려웠으면, 병마와의 고통을 이기지 못했으면, 한 모금의 담배로 달래려 했을까.

병상에 '금식'이란 푯말을 재차 달고부터는 잊은 듯 찾지 않았다. 어느 하루는 간접흡연이 더 해롭다는데, 혼잣말처럼 했다. 그 후부터 방안에 앉아 피우던 담배를 베란다로 나가 피우면서도 흡족해 하던 그 모습이 잊히지 않고 눈에 삼삼하다.

향로에 꽂은 담뱃불이 꺼져간다.

참된 의미를 찾아 떠난 여행

- 가족 여행

지난해 중환자실에 몇 개월 누워 지낼 때는 동네 골목 길이라도 한 바퀴 돌아봤으면 하고 화려한 외출을 꿈꾸기도 했다. 그런 탓일까 아들이 가족여행을 함께 하자는데 목이 메었다.

자손들 앞세우고 하는 여행은 이번이 마지막일 듯싶다. 내 말이 나오자 생각할 겨를도 없이 여행 일정이 잡히고 모두들 휴가까지 받아 놓았다.

부산항 신터미널에서 후쿠오카 시모노세키행 부관훼리호에 올랐다. 떠나기에 앞서 아들은 군기를 잡듯 규칙을 세웠다.

"이번 여행 중에는 무엇을 하든 할머니께 먼저 여쭙고 실행하는 거다."

무엇을 알까마는 놀이방 아가들까지 규칙에 따른다는 조건이다. 4박5일간 많은 사적은 둘러보지 못했지만 규칙에 어긋남 없이 여행을 할 수 있었다. 그 중 몇 가지 기억은 아름다운 추억의 시간으로 기억속에 잠겨있다.

그 하나는 스와노에서 만난 증기기관차의 기적소리다. 어린 시절 들었던 증기기관차의 기적소리는 먼 데서 들려왔다. 아득히 먼 옛날의 슬픈 역사의 현장을 목격한 듯 가슴이 아렸다. 일제강점기 강산이 무너질 듯 잿빛 연기를 뿜어 올리며 소리치며 달리던 그 증기기관차는 군기와 알미늄 벤또(도시락)를 싸 들고 공장 가는 큰애기들 실어 나르던 차와 겹쳐졌다.

여행 3일째 도키와 조각공원 입구에 이르자 한국인을 특별히 환영하는 듯 대형 간판이 한글로 '봄 봄'이라고

병기돼 있다. 영어조차 없는데 일본인들은 한국인을 좋아하는가보다.

공원은 완연한 봄이다. 동백과 매화 만발하고 나뭇가지의 물오르는 소리에 파릇파릇 깨어나는 빛깔이 그렇다. 하늘에 닿을 듯 가지를 드리운 천년 조선소나무며 세계 비엔날레 대상 수상 조각품들이 품이 너른 호수를 배경으로 더욱 빛났다. 그 한가운데 임상옥 조각가의 작품이 의연하게 서 있어 기쁨이 두 배였다. 눈길 돌리는 곳마다 한국의 숨결이요, 한국의 자연이요, 한국의 봄이었다.

공원을 나오면서 휴게실에 잠시 머물렀다. 아가들은 약속이나 한 듯 아이스크림 매장으로 달려가다 나를 빤히 바라본다. 먹고 싶다는 신호인 듯 하여 어미들에게 시선을 돌렸다. 모두들 고개를 끄덕였다. 다양한 맛의 소프트아이스크림을 하나씩 들려주었더니 세 녀석 모두 맛보라며 내 입에 닿을 듯 내밀었다.

카라토시장을 경험하지 않고서는 시모노세키를 여행했다고 말할 수 없을 것 같았다. 그런 만큼 시장은 흥성스러웠다. 시장 안에는 생선초밥이 일색이다. 생선도 광어, 가자미, 민어, 농어, 새우, 연어, 도미, 문어 가지각색이다. 우리는 인파를 뚫고 들어가 살점도 두툼한 생선초밥을 각기 골라 담았다. 한 개에 엔화로 백 엔이었다.

홀이 따로 없는 시장이어서 해변가 가로수 밑 잔디밭에 자리했다. 내 앞에는 두 개의 크고 작은 도시락이 배당되었다. 하나는 내가 고른 초밥이고 다른 하나는 왕새우튀김 아홉 마리가 들어있다. 그런데 모두들 제사상 앞에 앉아 응감하는 조상을 바라보듯 젓가락은 들지도 않고 나만 바라본다.

순간 저 왕새우 먹음직스럽구나 하고 내가 먼저 집어들었다. 그제야 모두들 맛있게 먹었다.

이번 가족 여행은 많은 것을 생각하게 했다. 자손들에

게 인성의 장이 되었으면 했는데, 무엇보다 마음이 흡족하다.

꼭 우리 아이들만이 아니라 우리나라의 모든 아이들이 성공이나 경쟁을 먼저 배우지 말고 사람됨을 먼저 배웠으면 좋겠다. 물레방아는 가루를 얻는 데 필요하고 인성은 삶을 윤택하게 하는 참된 길이다.

귀국선 뱃머리에서 본 일출은 장 보아 온 해돋이건만 유달랐다. 배는 부산항에 무사히 도착했다. 일행은 곧바로 자갈치시장으로 향했다. 때마침 만선의 고깃배가 갈매기 떼의 군무와 함께 장관을 이루면서 입항하고 있다. 개장을 앞둔 상인들의 몸놀림이 분주하다. 진열된 생선들은 꽃밭처럼 화려하다.

아침상에 오른 찐 꽃게는 그대로 꽃이다. 여행을 즐겁고 기쁘게 마친 것을 자축하는 우리 가족의 마음도 꽃처럼 피어났다.

부다페스트여 안녕

  먼 곳으로 여행을 떠날 때면 꼭 챙기는 가방이 있다. 어깨에 메는 파란색 가방이다. 여기에는 기내서 읽을 문고판 책 몇 권과 메모지, 볼펜, 여권, 지갑 등 소중한 물건을 담는다. 이 가방을 메고 가면 좋은 일이 생길 것 같은 예감이 든다.

  몇 해 전 동유럽 6개국 관광길에 올랐을 때 일이다. 모스크바를 거쳐 프라하에서 2박을 했다. 다음 행선지인 부다페스트로 향하고 있는 차창 밖에는 해바라기 밭이 끝없이 펼쳐졌다. 마치 수십만 개 고흐의 해바라기를 만난 듯 몸에 오소소 한기가 파고든다. 아마 고흐도 저 짙은 노란색과 강렬한 빛에 혼이 빠졌던 걸까.

뒷자리에서 한 초로의 남자가 한마디 한다.

"젠장, 밭에 곡식을 심어야지 웬 해바라기야."

해바라기 평원이 누렇게 익은 보리밭이었다면 아마 실용적인 삶이 배인 그의 눈은 아름다운 풍경으로 받아들였을지.

갈증이 일었다. 차내에 설치된 냉장고에서 캔 맥주 하나를 꺼냈다. 기사가 백미러로 보고 뭐라고 한마디한다. 가이드가 통역한다.

"영화 〈프라하의 봄〉에 등장한 돼지도 그 맥주를 좋아했답니다."

'돼지'라는 말에 잠시 혼돈이 왔다. 맥주의 질이 좋아 돼지가 마셨을까. 돼지에게 먹일 만치 흔하고 가치 없다는 의미일까. 그러나 혼돈은 오래 가지 않았다. 원체 갈증이 심했기에 빨리 맥주로 갈증을 해결하고 싶어 캔을 땄다. 그 한 모금의 시원함이라니.

차는 국경을 넘어 11시간 만에 부다페스트에 도착했다. 버스는 포석길(?)을 따라 부다성을 향해 오른다. 전찻길과 차도가 구별되어 있지 않은 것 같아 불안하다. 모두들 피곤한 기색을 띠며 차에서 내려 부다의 그랜드 호텔에 여장을 풀었다. 창 너머 언덕 아래로 도나우강의 잔물결이 내 마음을 어루만지듯 조용히 다가온다.

저녁은 호텔식으로 하고 우리 일행은 밤 유람선에 올랐다. 부다의 강변을 따라 올라간다. 멀리 있어도 가까운 듯 세체니 다리가 슬프도록 아름답게 비친다. 영화 〈글루미 선데이〉(우울한 일요일)의 슬픈 주제가가 느닷없이 떠올랐기 때문일까.

오랜 꿈이었던 레스토랑을 경영하는 자보(조아킴 그롤분)와 이루지 못한 애틋한 사랑의 종말, 헝가리의 피아니스트 레죄 세레스가 발표한 곡이다. 이 노래를 듣고 수많은 젊은이들이 자살했다는 그 노래가 이 즐거운 여행의 밤에 왜 떠올랐을까.

부다페스트의 밤은 깊어만 갔다. 어디선가 요한스트라우스의 경쾌한 왈츠곡이 들려온다. 삶의 직접적인 기쁨을 대변하는 것 같은 이 즐겁고 감미로운 3박자의 무곡 속에 확실히 이성을 마비시킬 만큼 저항할 수 없는 어떤 마력이 있다. 어디에 눈길을 돌려도 아름답고 황홀하다. 부다페스트의 불빛과 조화를 이루는 왈츠 곡은 길손의 피로를 일순에 풀어준다.

부다페스트에서 3일째 비엔나로 떠나던 날이다. 일행이 마리아 성당에 이르자 거리의 밴드가 보내는 세미클래식이 길손의 발길을 잡는다. 귀는 음악을 담고 눈은 성당 입구에 이르자 내부 수리 중이라는 팻말이 여행자의 발길을 잡았다.

발차 시간까지는 20여 분의 여유가 있다. 성당 바로 옆에 위치한 성물가게로 들어갔다. 줄줄이 걸려 있는 묵주에 시선이 끌렸다. 부다페스트의 기념품으로 골라

보니 마음에 드는 게 없다. 이것저것 살피면서 무엇을 살까 망설이는데 바로 옆에 있던 유럽인으로 보이는 키가 아담한 중년의 남자가 묵주 하나를 골라 준다. 손아귀에 쏙 들어갈 만한 소품이다. 알은 황토색인데 색깔도 크기도 마음에 쏙 든다. 점원에게 "나도 저거요." 하면서 그 남자가 쥐고 있는 묵주를 가리켰다. 점원은 성심껏 찾았지만 그와 똑같은 것은 없다면서 미안한 기색을 띤다. 남의 손에 떡이 더 커 보였을까. 그 숱한 묵주 가운데 하필이면 남이 골라 쥔 것이 더 좋아보였는지. 마치 내 손에 있던 것을 남에게 빼앗긴 기분이다. 서운한 마음으로 대기하고 있는 버스를 향해 걸어가는데 가이드의 호각소리가 들린다. 냅다 뛰었다. 마치 백 미터 계주선수처럼.

등뒤에서도 나를 따르는 발자국 소리가 들린다. 그 소리에 가속이 붙었다. 더욱 속력을 다해 뛰었다. 뒤따라오는 발자국 소리도 빨라지면서 숨찬 소리로 "마담,

마담."

　누군가를 애타게 부른다. 나와 상관없는 소리라 귓전으로 흘리면서 버스에 오를 때였다.

　"마담."

　버스는 출발을 알리는데 나직이 부르는 소리. 무슨 일인가 싶어 뒤돌아보았다. 순간 그는 좀전에 성물가게에서 만났던 바로 그 신사였다. 그의 어깨에 걸친 가방을 보는 순간 나도 모르게 차에서 내렸다. 묵주에 홀려 잃을 뻔 했던 가방과 함께 그가 골랐던 묵주를 '프레젠트'라면서 건네준다. 묵주는 사양했지만 한사코 내 손에 꼭 쥐어준다.

　호루라기 소리는 출발을 재촉한다. 성도 이름도 국적도 모르고 우리는 손을 흔들면서 '부다페스트여 안녕'하며 아쉬운 이별을 해야 했다.

김진수 에세이

젓가락 대사